나무와 별

이정은 시집
나무와 별

국립중앙도서관 출판시도서목록(CIP)

나무와 별 : 이정은 시집 / 지은이: 이정은. — 서울 : 한누리미디어,
2011
    p. ;   cm

ISBN 978-89-7969-388-1 03810 : ₩8000

한국 현대시[韓國 現代詩]

811.7-KDC5
895.715-DDC21   CIP2011001400

이정은 시집

나무와 별

서시

아름다운 시 한 편이 마음 한 조각

가볍고 깨끗하게 기쁨으로 적실 수 있다는

정서적 믿음으로 글 쓰는 일에 나의 이십대를 보냈다

시문학에 나날이 깊은 매력을 느끼며

앞으로 나의 삶이 항상 시와 함께 하길 바란다

2부 사랑

3부 소리

1

아름다운 자연의 계절
첫 번째 여름

숲 속 꿈

울창한 숲에서
당신을 위해 시를 쓴다
시간을 잃은 숲 속에서
빛은 따뜻한 그늘을 만든다
15월의 태양은 오후를 수직으로 가로지르며
은은하게 저녁노을로 부서진다
화가의 손길은 신경세포마다 푸르른 아치를 그리며
나무의 꿈을 그린다 숲 속 꿈이 다가온다
창 밖의 새들은 소리를 남겨두고 사라진 지 오래
새들이 날며 그리는 수와 기호들은
오직 시간의 공간인 오랜 유적지의 암호처럼
당신의 사랑 속에서 모두 해독된다
느티나무가 하늘 높이 자라듯
파장으로 퍼져 새겨지는 나이테의 울림
나무는 마음 속에서 자란다
당신이 가꾼 푸른 나무의 숲 속에서
꿈꾸며 살아가고 있으니
그곳에서 나무를 키우며 꽃을 가꾼다
그러다가 야생난초가 아름답게
신비로운 꽃을 피워낼 것이다 꽃의 혀는 말한다

나무의 꿈은 희미하게 흔들리는 푸른 빛이라고
숲 속에서 푸른 잎이 하나씩 자랄수록
당신의 푸른 사랑은 시가 되어 날아간다 아득한 산으로
시의 언어가 그리는 지도는 바다와 섬의 대화
희미한 산을 향해 떠나가는 뿌연 먼지의 여행처럼
비를 준비하는 흐린 잿빛 하늘을 흐르는 구름처럼
맑게 갠 한낮으로 비춰들어 흐르는 시의 샘물처럼
향기로운 저녁햇살을 마시며 꽃잎을 떨구는
저녁햇살의 끝자락이 꽃잎에 닿을 듯하지만
빛의 무게마저 무거운 꽃잎은 가볍게 떨어진다
달처럼 둥글게 떠있는 빛을 잃은 해
아름다움은 빛의 간격을 지우며 다가온다
달빛은 멀리 별빛을 비추는 야간 조명이 되고
가로등은 야경을 아름답게 수놓는 밝은 눈빛이 된다
암흑마저 보는 두 눈은 어두움의 음율을 아는가
울창한 숲에서 빛을 그린다

나무와 별

별이 숨기 좋아하는 곳
별이 쉬기 좋아하는 곳
나무

별들은 나뭇가지가 보내준
나뭇잎을 타고 내려온다

눈치 빠른 딱따구리는
별을 잡으려고
부리로 나무를 쪼아대지만

어느새
별은 마법같이
밤하늘로 올라가
닦아놓은 빛을 낸다

나무는
별이 세수하는 곳

편지

달빛의 휴일에는
흑백 영화가 아름다워요

빨간 진실의 입에
살짝 손을 넣어
두근두근 연애편지 보내요

심장이 뛸 수 있도록
편지가 긴 여행을 했으면 좋겠어요

눈물빛 바다에게
하늘의 새처럼
사랑편지 날아가길 바래요

풍경 1

논의 푸른 혈관이
검붉은 땅으로 퍼져간다

파랗게 숫는 피의 물결

하늘은 창문이 되어
열리고
촉촉한 비가 내린다

풍경 2

철새들이 떠난 갯벌

염전(鹽田)에 남은
굵은 소금처럼
눈이 내린다

봄손님과 파혼한 겨울신부의
분가루가 서럽게 내린다

미명(未明)

아침은 새벽을 거느린다. 아침은 어둠에게 새벽의 일을 낱낱이 따져 묻고서는 어둠을 더욱 어두운 한 곳으로 몰아넣었다. 아침의 추궁 속에서 태어난 새벽은 간신히 몸을 건진 사생아인양, 갓 태어난 아기의 미몽처럼 어디에서 왔는지 어디로 가는지조차 알지 못한 채 새벽의 시간이라는 운명을 짊어지었다. 새벽은 아침의 깊숙한 밀월의 별궁과도 같아 또 다시 어둠을 은밀히 유혹하며 다음 날이 오길 기다린다. 일찌감치 새벽은 생사의 굴레를, 혈육의 굴레를 자신의 두 바퀴로 삼았다. 밤이 남기고 간 어둠이나 숨어있는 어둠을 샅샅이 수레에 실어 나르는 새벽은 미명의 아침으로 고요히 사라진다.

백일홍(百日紅)

양치는 아이가 있었다. 아이에게는 구름같이 하얀 양 떼가 함께
했다. 양은 모두 아흔 아홉 마리였는데, 양들 사이에서 아이는
달콤하고 부드러운 과일열매를 생각하면서 잠이 들었다. 그러
다가 하나의 꽃송이가 되었다. 새파란 하늘과 맞닿은 구름이 잡
힐 듯이 높고 푸르른 언덕에서 아이는 백일홍이 되어 피어났다.
나뭇가지에 피어난 분홍 꽃은 사과같이 윤기가 났고, 나뭇가지
는 아이가 양들을 데리고 다닐 때의 막대기 같았다. 구름털옷을
맞춰 입은 양들이 백일홍 나무로 모여들어 풀을 뜯어 먹으며, 한
가로이 잠자면서 백일홍 나무에서 떠날 줄을 몰랐다. 어느새 막
새끼 양이 태어나 백 마리 양이 되었다. 그리고 백일홍은 백일이
지나 붉게 떨어졌다.

봄날에

샛노란 산수유 꽃잎에
까치발 소리

겨울나무, 가지 끝에 달린
수줍은 초록 눈동자

나뭇가지마다
봄바람 매달아 놓고
봄의 불을 지핀다

맑은 봄날에,
만발하는 꽃의 하품이
눈부시다

오월

빛 밖 세상으로
어둠을 함몰시키는
오월

빛이 가득 넘쳐
검은 눈동자마저
밤바다에 빼앗긴다

햇님은 무지개를 붙잡아
나오지 않고

문 열려 햇님 나오면
무지개
빛의 열쇠를 감춘다

열쇠 흐르는 연초록 냇물
새로운 빛을 잠그다

햇님은 무지개 놓아주고
빛 사냥에 나선다

유월

청춘에 멍든
봄의 검붉은 심장같이
노을이 진다

주홍색 생명력을 물들이며
저녁이 저물어 갈 즈음

봄이 약동하는 작은 소리

균일한 파동으로 지속되는
청춘의 심장 소리

심장의 박동 소리 커지다가

여름을 맞이하는 장미
붉은 속삭임

운석의 기억

깜깜한 우주 속을 배회하는
딱딱한 운석이 되어 버린 기억

지워진 기억도 지우고픈 기억도
자기 쇠퇴하여

방황하는 운석이 되어
생명 없이 떠돈다

형체 없는 기억은
유형의 운석이 되었다

태초에 사랑이 있었다고 한다
태초에 의지가 있었다고 한다
태초에 마음이 있었다고 한다

그 운석은 단지 광물
먼 과거, 무슨 기억이었는지 알 수 없다

빛 없는 세월

보이는 어둠과
보이지 않는 어둠

경이롭도록 침착한
흔들림조차 없는
우주의 공허한 상태

인적 없는 밤의 거리

심연 속에서
우주로 수직 이동한
사라진 시절

운석과 기억의 충돌!

빛 없는 세월의 양태!

분리 그리고
삶의 자리

마지막 골짜기

흰 구름 바위 되어
빗물 흐르는 골짜기

바람 없이 떨어지는 냇물
골짜기에 품은 낮은 햇살
권태롭게 시름한다

캄캄한 물소리는
고요로 잦아들어

흰 구름 달가재비 품고
산허리 감아 돌아간다

마지막 골짜기를 넘어간다

누비와 나비

밤새 눈 내린
고요한 해 뜰 녘

겨울 누비옷 입는 여인이
버선발을 내민다
하얀 나비가 날아와
여인을 반긴다
석탑 둘러 지나가는 여인에게
나비가 귓속말한다
나비의 사연이 부인의 아침을
눈발처럼 흔든다

누에들이 있었어요
누에한테 실 꺼내어 누비옷 지었어요
한 누에가 꽃이 너무나 보고 싶어
참고 참다가 이리저리 피하다가
누에나비 되었어요
누비옷 되기 싫고
나비 되어 날아
청산의 꽃 보고 싶었어요

간밤에 지펴 놓은 화로에
불꽃 이는 소리가
적막을 부수고
까맣게 애탄 마음을
빨갛게 물들였다

바람

동자승이 스님에게 물었다
스님은 무엇이 되고 싶어
스님이 말했다
휘몰아치는 바람

비가 내리고 찬바람이 불었다
하얗게 눈이 내렸다

스님이 동자승에게 물었다
동자승은 무엇이 되고 싶어
동자승이 말했다
용의 구름 같은 비늘

한 조각 구름이
한 조각 쪽배가
하얀 하늘과 하얀 강을
한 방울 떠 머금고 흘러간다

비늘이 한 잎이 되어
물은 물로 흐른다

비단 잉어가 비늘을
삼키니 본래 잉어비늘인가
니르바나

나루터

은사시나무 서있는
나루터

뱃님이 노 저으며
지은 노래
흘러온다

강물 흘러가
노 젓는 손길 휘청

닻 올리는 소리
절벽에 그려진 대나무 숲으로
물결 타고 간다

맑은 안개

하얀 하늘부터 파란 천구까지

빙하 입김에 날아온 눈송이
하늘 물빛 흘림

하이얀 구름 씨실 날실에
푸른 물 스며들어
아름다운 옷자락

하늘빛 이불에 하얀 솜털
맑고 시원한 바람에
깊은 시음을 들인다

청량한 하늘 바닥 안개의 그림

빗소리

빗방울이 습기 찬 현악기의 음처럼
무겁게 먹구름을 헤치운다
구부러진 활이 세상을 덮고 있다
빗소리가 두두둑 낮게 고인 웅덩이의
존재를 두드린다

이별

심장은 기쁨보다는 슬픔의 화장터
가슴은 아픔보다는 고통의 냉장고
마음은 설렘보다는 고독의 정거장

물집

첫 소풍 가기 전날 밤은 거대하다
첫 만남 설레임은 새 구두처럼 어색하다
첫 사랑 엄지발가락에 생긴 반짝이는 물집
터뜨릴까, 쓰라리면 어쩌지 �ㅐ

운명은 미래진행형처럼 숨쉰다

희망은 절망이란 마음의 공간에
시간의 부피를 채워 넣은 눈빛
영혼의 숨결 속에서
사랑의 기억과 욕망의 모습들이
투명한 고막에 숨소리처럼 분사된다
운명은 미래진행형처럼 숨쉬며 현재를 비워간다

원근법

사랑은 모든 사랑이 모이는
소실점에서
사
　　라
　　　진
　　　　다

그 깊은 사라짐의 풍경으로
사랑을 그리면서
살
　　아
　　　간
　　　　다

산책

오솔길은
발걸음의 끝으로
이어진 작은 수풀

빈 의자

기다림과 기다림이
만난다

숲의 소리

잔물결 일듯~

대나무 숲을 지난
바람을 타고
성령과 미열이
메리골드 숲을 연주한다

코스모스
얇은 바람에
사뿐사뿐 걸어간다

호수

빛 어운 호수
깨뜨리는
잔잔한 햇빛 소리

호수는
해의 사랑 받아
물결 위에 빛을 드리리
당신께

성당

홀로 나는 비둘기
뜰우산 빗줄기 가르며
푸른 장막으로

아름다운 여인의 가슴
천국의 언덕길

빨간 꽃
흙단 물결에 피어나면
그리움 내게로

어린 시절

시원한 바람에
바짝 말라가는 빨래
은은한 향기에
눈 감아, 가볍게 떠오르는
어딘가에 있을
오지 않은 먼 날들
늘 따스함으로
울타리에 피어난
붉은 장미에 놀라
날아간 작은 새 지저귐
보드란 잔디 위에
낮잠 자는 고양이

들꽃다발

계곡 옆 숲길을 따라
노란 달맞이꽃

아름다운 손가락 물결처럼 흐르는
흑백 선율 짚단으로 감아
들꽃 한 다발 엮어

사랑하는 숲의 이슬
둥글레 꽃에게 드립니다

기억

바람에 흩어지는
얇은 시집의
시들을 길가에
뿌리며 너를 찾아
갔었다
책 안에는
온통 꽃잎만 남아
씨앗은 내가 적은
몇 글자에
심어져 있었다
느낌이란
가을바람처럼 아늑하며
멀어지는 이슬비

달에게 고백해

저녁하늘이 노을빛 귤껍질 벗기다가
밤하늘에 손톱자국 찍어놓아
초승달이 새초롬이

보름달이 가득하니
사랑하는 마음이 그리워 그리워서
빛으로 부푼 노란 풍선

별무리 모아 은하수 짓다가
밤하늘 달에게 고백한다
나는 아직, 사랑을 하고 있다

사랑이 끝나는 날

단풍빛 노을은 황량한 모래더미에
지평선을 무너뜨리고
마음의 풍선은 가시 같은 바늘 끝에
무참히도 터져 버리니

사랑하는 마음을 멈출 수가 없다

사랑했던 추억을 미워할 수 없다

나는 지금,
사랑하며 살아가고 있다

2

누에고치는 하얀 장미를 사랑하므로
아름다운 나비 장미가 되어

그대만큼

어둠을 통과한 빛

이만큼

그대만큼

시 1

시 2

지구 위에서 시를 쓴다

지도 위에서 시를 쓴다

시는 공간을 초월한 절대시간 영원한 신호음

바다에 있다는 고래 뼈조각에 새겨진 원초음

시 3

시는 완전한 나에게로 이르는

깨끗한 영혼의 구토

꽃잎

나비의 고향은
꽃이 피어난 자리

꽃잎은
나비 날개 되어

바람 타고
날아다니는 꽃술

잠자리 꽃

푸르름 속에서 피어난 바람은
보이지 않는 색의 꽃
맡을 수 없는 향기를 품는다

초월의 꽃씨

한 송이 꽃처럼
풀줄기 위에 앉은 잠자리
투명한 날개로
꽃잎을 안아
날지 않는 잠자리 꽃

바람 속에 날개를 잃어 버렸니?

꽃망울

밤이 흘린 눈물

연보랏빛 꽃망울

밤새 내린 봄비에

흐린 미소 살포시

구름

하얀 파도
맑은 고요 위로 흘러간다

젊은 나날
순수한 흰 구름 같아

파란 하늘
스쳐 가는 근심 하나

폭풍의 눈
죽은 침묵 안으로 사라진다

달무리

달이 여울져 번지는 호수
세 개의 달이 호수 선율에 잠이 든다
장미 넝쿨 화창한 봄길을 걷고 싶다
가시는 몇 세월 앞서 자라난 강인한 잎새
장미는 아름다운 동백가시나무의 심장
언덕을 올라 눈 시린 겨울 하늘 달무리

그믐달

살짝 배 나온 반달이
별 데리고
안개 아슥한 호수를
산책한다

봉긋 솟은 그믐달
별이 깜짝
고요한 달빛이
둑길을 거닌다

보름달

쓸쓸한 보름달
슬픔의 강을 건너 사랑하는 뱃사공을 바라본다
멀어지는 달안개 달그림자
밤의 어둠으로 스며든다
산꼭대기 호수를 올라 아름답게 빛난다
환하고 아름다운 금빛
노란 장미꽃처럼 해맑다

자연에게서 자연에게로 1

바람이 노랗게 흔들리며
창 위로 해가 떨어지고
눈꺼풀이 스르르 닫힐 때

발 앞에 한 송이 들꽃이 드리울 때
얼마나 싱그러운 향기로
바람이 꽃에 옷을 입히듯
자연의 사랑을 갚아 줄 것인가

자연에게서 자연에게로 2

기다란 줄기 나무

단풍
잎 잎 잎
푸르름 잠시 감추고

남아있는 푸른 잎 너머
침묵이 이리로 오면
침묵의 대응은
여기 있는 새들의 작은 외침

외침 사이로 갈색 비둘기
외롭게 가로지르면
타오르는 나무들

그리고 자유로운 새

자연에게서 자연에게로 3

가을 언저리에서

단풍이 들기 전에
옛 연인의 배신을 눈감아 버린
가을같이
인생은 낙엽처럼 물들어간다

낙엽은 여름에 배반당한 마음의 낙하

자연에게서 자연에게로 4

단풍이 들기 시작하면
가을은
푸른 수의를 벗은 죄인의 진실한 자백처럼
상사병에서 깨어난 순정한 연인의 고백처럼
여름에 대한 사랑을
온통 깊고 고운 색으로 열거한다

어둠 속의 찬란함은 깊어간다

밤의 미소

어둠 속에서
나와 대면할 수 있는
밤의 유리창

참 이상하다
어둠은 내려오고
밝음은 올라온다는 것이

어둠과 밝음이
부딪히는 그 때
미소와 흰 비둘기가 날아간다

별의 노래

투명하게
티 하나 없는 너의 눈빛은
어디서 만들어졌을까
너는 별의 꽃, 별의 정수, 별의 사랑, 별의 마음

별이 흔적을 남긴 너의 눈빛이 노래한다
반주 없이 노래한다
고향별의 악보 없는 노래

바닷가

하얀 물거품이
모래성벽에 그려진
비밀의 문자를 침범한다

파도가 뱉어 버린 발자국

석양을 향해 끝없이
기다란 해안선 바늘땀

새벽에 조약돌이
파도에 부딪히면
깨어나는 바다새

일출

모래밭을 스친 축축한
바다의 혓바닥 감촉 위로
떠오르는 해

햇빛은 창백하도록
새파란 바다 입술을
붉게 칠한다

숨은 밤하늘의 검은
목구멍으로 솟아오르는
아침의 눈

바다와 하늘은
햇살 같은 푸른 숨을 내쉰다

바람의 곡선은 새의 날개

초여름

밤공기 차가운 이슬 촉촉이 빛나고
고운 빛 연등은 밤을 고요로 붉힌다
초여름 밤을 가득 채우는 매미―소리
적요를 깨뜨리며 짙은 숲 어둠을 빈 가슴으로 보낸다

한여름

열 폭의 바람결이
나뭇잎을 스치듯이

밤 지새우고 싶다

바닷가에서
파도소리 마주하며

모닥불로 잠들고 싶다

늦여름

여름 숨결 속에
잠들어
깨어날 때

푸른 잎사귀는
가볍게 살결 스치고

빛 가물어가는
푸름은
대기를 물들인다

코스모스

풀벌레 소리에서
여름과 재회한다

비 그치고
해 나면

물기 머금은 코스모스는
풀과 함께

높아진 하늘을
그리워한다

우주의 고요를
바라본다

가을

나비들은
낙엽이 되어 날아다닌다

가벼운 봄
나비들이 그렸던 그림

꽃은 나비의 그림을 위해
아름다운 물감을 준비하곤 했다

나비들이 낙엽들이
날개로 잎으로 그리는 봄의 언어

마음

마음은 눈빛처럼 웃음처럼
눈에 보이지는 않지만
목소리의 음표처럼
종이에 그릴 수는 없지만
음악처럼 잘 들리는 심장의 자리

기도

엘로라,
돌로 만든 배가 바다에 뜨리오
생명으로 만든 종(鐘)이 소리내리오

아잔타,
돌에서 뿌리 없는 꽃이 피어나리오
바퀴 없는 수레가 바람에 돌아가리오

사랑

맑은 바람 아래 단둘이 앉아 이야기 나누고 싶다
깊이 가늠할 수 없는 호숫가를 거닐며 손잡고 싶다
시원한 바다 물결의 위태한 경계에서 마주보고 싶다
나무들만이 살고 있는 깊은 산 속에서 속삭이고 싶다
적막한 산책길 의자에서 시원한 한숨을 쉬어보고 싶다
오랜 사원의 창가에서 아침 햇살에 삶마저 내주고 싶다
세상에 내딛는 발자국마다 영혼이 깃든 흔적이 되고 싶다
새하얀 눈이 세상을 그릴 때 하염없이 눈물 흘려보고 싶다
어린아이 마음으로 순수하게 늘 새로운 나날을 보내고 싶다
비 내리는 어두운 오후 거리에서 향긋한 온기를 느끼고 싶다
가느다란 시골길, 흙 위에 피어난 들꽃을 함께 바라보고 싶다
모든 침묵, 성당의 대천사들 가운데에서 사랑을 심판받고 싶다
아름다운 눈으로, 아름다운 빛으로, 하나의 너에게로 가고 싶다

웃음

내 몸이 그대 몸에 다가가
닿아 사라지기 전에

웃음이 먼저 흘러 흘러서

그대 입 속으로 들어가

깊고 깊은 마음 속까지
적시길 바라며

나는 웃음 속에서
물장구치고 헤엄치고 있다

호수와 달의 청첩장

호수는 높은 산을 넘어 펼쳐진 조용한 그늘섬에 살고 있었다
달은 계곡의 말라 버린 눈물을 찾아 지구를 쉼없이 그리며 배회했다
바람이 소소하게 흐르는 어느 날 밤
호수에 비친 달빛에게
호수는 물결을 일어 장난치며 속삭였다
'눈물을 찾았구나'
달은 보름달이 되는 날
멋진 모습으로 아름답고 깊은 호수에게
오랜 사랑을 고백했다
고요한 침묵은 달과 호수에게 물었다
신랑 모음달 군과 신부 달빛호수 양은
영원히 서로 아끼고 존중하며 사랑할 것을 약속합니까
달과 호수는 서로의 눈동자에 비친 사랑 어린 그늘빛을 바라보았다
호수에 바람이 불어 물결이 심하게 일어나도 호수를 사랑하겠습니다
달이 매일 조금씩 조금씩 다른 모습으로 변해도 달을 사랑하겠습니다
밤의 투명한 이슬이 아침풀피리를 연주하며 이들의 결혼을 축복해 주었다
세상에는 변치 않는 것이 존재한다고 믿고 싶다

3

특별한 날

봄이 화장을 마친 아침
포근함과 밝음이
완연하게 어울려
'나 봄이야!' 하며
세상을 빛으로 덮는 날

아기 까치 소리
제비 나는 소리
상쾌한 날

봄의 소리

봄이 내딛는 발걸음
개나리 진달래 빛깔

봄 같은 기쁨으로
뛰어오르는 생명 소리

새의 숲에서
봄이 들려주는 노래는
시의 소리

소리가 소리로 아름답다

소리 1

청록 햇빛에
파란 해바라기가
바다에 잠긴다

내재된 빛과
자연 빛은 평행하다

초롱꽃 새싹
바다의 불가사리
별이 빛난다

바람이 반짝인다
소리가 불어온다

소리 2

밤을 깨우는 달빛 인사
등대 마시는 하얀 모래
몰래 숨어 있는 별 홍수
환하게 웃는 밤의 바다

밤새도록
파도와 웃음 나누는 바위

하루 1

하늘은 깨끗하고
바람은 산들
햇빛은 따사롭고
풀잎은 낮잠
날씨에 하루가 젖어든다

하루 2

맑게 개인 이름 없는 계절의 오후

산벚꽃나무가 사랑하는 눈빛 공간
하얀 별꽃이 소금빛으로 소담하다

빨간 열매는 나뭇잎에서 말갛다
하늘 구름은 햇빛곁에서 잠잔다

우연

한 줄기 바람이
촛불로 밤 지새는 은하수로
은은하게 불어오듯

시냇물 여린 소리가
흙에 스며드는 지하수로
나직이 흐르듯

우연이라고 부르는 축복!

차(茶)

햇볕 수줍게
새둥지에서 잠든다

숨은 새소리 가득한
바람 홀로 다니는 길

찻잎 두 눈에 담가
하늘 빛깔 마신다

공원

연초록 잔디 언덕
부드러운 하늘의 예배당

푸른 나무에
다다른 구름 눈웃음

바람 소리 열어
새에게 들려준다

한낮
새소리 지나가는 하늘 아래

고요한 햇빛의 단잠 깨우는
종소리 맑게 울린다

물소리 하얗게 솟구친다

아이가 파란 웃음짓는다
하늘에 구름이 피어난다

신의 정원

지구는 신의 정원
정원을 가꾸는 일은
신의 하루

바위와 물, 꽃과 나무가
신의 하루를
채운다

토성에서 흙을 가져다
수성에서 물을 가져다
손수 지어 놓은

지구는
신이 사랑하는 정원

해, 꽃, 달

태초의 세 존재는 무얼까?

아마도 해와 꽃과 달

해와 달은 꽃의 사랑을 얻기 위해

팽팽하게 힘을 겨루었다

환한 낮에 색을 뽐내며 빛을 뿜는 꽃을 보고

지구 사람들은 꽃이 해를 좋아한다고 믿었다

하지만 꽃은 어둠마저 잠자는 시간

달빛에게 속삭이며 아무도 모르게 모르게

꽃을 피웠다 환한 해처럼

영원이란 사랑의 순환

해와 달같이 매일같이

해가 솟아오르고 달이 뜨고

해가 가라앉고 달이 숨고

꽃은 우주에서 보내진 질서의 실천

비밀은 밤에 달과 꽃은 해를 그리며 사랑한다는 것

샛별

하늘에 걸쳐 있는 구름의 깃발

새벽, 잠을 깨우는 자유로운 새소리
바람 잎새가 춤추는, 화창한 실로폰

달빛에 비친 깃털, 가벼운 샛별

눈빛으로 떨구어지는 시의 새벽
아침 햇빛 창에서 글은 소멸한다

들풀처럼 흙내음을 사랑하는 푸른 별
시간이 파도처럼 빛으로 흐른다

하얀 달 하얀 해

파란 하늘에 달 자욱
새벽의 눈물안개

해가 빛으로 하얗다

바다는 하얀 붓으로
물결 그림을 그린다

밤의 땀방울

이슬로 엉그는 포도
땀으로 향긋하다

붉은 흙 포근하게
들풀 다독이며

주홍빛 나리꽃
다정한 걸음으로 다가와
빗소리 밤의 땀방울
닦아준다

햇살

햇살 닿아 아른거리는
하얀 바람

싱싱한 푸른 잎새
파닥거리는 물고기

햇살 발길 머무르는
하얀 바람의 마루

햇살은 맑은 맨발
새벽은 햇살의 신발장

초저녁 구름 곁에
하얗게 던져진 달 조각

햇살이 잃어버린 신발

황사의 태양

회오리 모래 바람
뿌연 먼지와 어슴푸레한 빛
사이로 걸어간다
낙타는 두 개의 열기를 실어
사막을 움직인다
사막은 거북이의 등껍질이었다
사막은 달팽이의 모래성이었다
낙타는 촉수 같은 샘물 안으로
열기를 붓는다
황사의 태양이 스러진다
공기는 도심을 가둔다

건강식단

파릇파릇한 붉은 상추
보랏빛 윤기나는 가지
빨갛고 탱탱한 토마토
검붉고 싱그러운 포도
넷이서 시장입구에서 만나요

목련 아이스크림

차가운 입김에 목련 꽃봉오리가 얼어 있다
바닐라 맛 아이스크림처럼 달콤하게 달려 있다
환한 봄 햇살에 목련 아이스크림이 향기롭게 녹는다
살짝 벌어진 부드러운 목련 입술이 하얗게 묻어난다

목련 꽃잎들이 우윳빛 날개를 활짝 펼친다
설탕처럼 떨어지는 벚꽃이 나폴나폴 날린다
목련 아이스크림이 눈으로 시원하게 녹아 흐른다
눈송이 하나, 목련 꽃송이 하나, 흘러 떨어진다

바다

꽃집 하는 농부 한 사람
딸을 무척 사랑하여
꽃을 안겨다 주었지

하루는 농부,
장미 한가득 안겨주고선 "풀이야"
국화 한가득 안겨주고선 "별이야"
백합 한가득 안겨주고선 "달이야"
바다 한가득 안겨주고선 "빛이야"

흙

흙의 목소리가 차갑다
맨발로 너의 음성을
따뜻이

따스한 흙의 속삭임으로
눈뜨인
하늘 매발톱 꽃

어머니

새로운
사랑의 목소리

기다림으로
밝아지는 미소

절망의 끝에서
고이 안아주시는
점점 작아지는 몸

어머니,
무아(無我)로 살아가시는
나의 영원한 푸른 집

부처상

끝없는 고요
성스러운 시치미
비밀스런 미소로부터
삶에 대한 놀라움을 발견한다

설경(雪景)

눈길 따라
설유화 봉우리 솟아오르고

눈물꽃
달빛 바람을 달아
솔잎에 영롱하게 맺히고

눈꽃 단풍
성화를 봉송하듯 하얗게 차오른다

겨울

겨울이 여행에서 돌아왔다
고드름처럼 바위 처마에서
굳어진 작은 폭포
시간을 멈춰 버린다
얼음골에 봄이 사라지고
꽃씨와 바람은
동굴에 숨어 잠자는
봄을 깨우러 갔다
빙하가 차가운 입김으로
눈꽃을 피운다

아랑가

님 나시어 오시니 깊브나이다

님 여의어 있으니 어둠 밖이나이다

나한문 지나여사 말에서 내리나이다

수여래교에서 목련 잎을 밟고 여읜 님께 回하니

흰 나비가 환생하였나 목련화가 아름답다 하시더이다

비' 로나이다 물아일체이로다

그러고 보니 흰 나비를 살생하셨나이다

금줄로 결박된 사랑의 죄는 시간을 모르더이다

눈물이 흘러 연곤지가 분홍꽃으로 만발하더이다

두 사람이 배ㅅ를 타고 와서 생긴 일이어라

뱃길 물길이 없어져도 님 여읜 울이 넘쳐 흐르더이다

두 사람은 바퀴도 없이 배도 없이 걸어다니니

인세의 사람인데 어찌 왔다 하더인가

아름다움이 세속을 구원한다 하여 왔더이다

마음이 아름답다 기뻐하더이다 눈이 내려 늦었나이다

하여 눈을 바라보니 어찌 소문에서 대설까지 말이 내리었던가

진실은 새지 않는 곳이 없는 법이라

조심하라 지난 책을 모두 불태우고 새로 짓자 하더이다

수풀이 울창하여 아름다웁다 여기는 어디인가

구름이 꿈처럼 아름다워 아홉 잎이 서슬 푸르다

깊고 기픈 옹달샘의 짝사랑이 가여우어 分넘치나이다
나무와 나무가 불화하여 생긴 일이라 자화상이더라
짚단 위의 아이가 누군가 하면 뒤뜰의 동자꽃 달마라
불이 타오르는 눈이 촉촉하게 비치우다
자연의 일은 불립문자라 우담바라꽃이 아름다웁다
손客이 돌石같이 차니 함께 반야心경 읽더이다
설빔은 차가운데 마음은 재가 되어 헐더이다
내ㅅ님 여의어주고 함께 명名경을 가나이다
명皿경이 얼음되어 맑게 비추시나이다
도원경이 여기로이까 고운 님 다시 만나나이다
마음이 봄이로이다 아름다움이시어라
영원으로 사랑하나이다

꽃이 표정 지을 때

연둣빛에서 태어난 하얀 꽃이
흙에 닿기 전
밤의 암흑 가운데
꽃은 가장 슬픈 표정을 지어
별빛 거울에 비추어 본다

별은 꽃의 슬픈 표정을 간직한 하얀 영혼

꽃이 표정 지을 때
별똥별 하나, 떨어진다

별이 애잔하게 그리운 까닭은
꽃이 비춰본 마지막 슬픈 표정에
투명한 봄이 담겨 있기 때문이다

별은 꽃의 눈물을 머금은 거울

꽃의 은은한 미소와 기쁜 표정 속에서
봄을 맞이하는 인류는
계절의 깊은 바람으로

영원한 웃음과 청춘을 열망한다

봄은 꽃의 표정들이 별빛으로 가는 자리

초록물에서 샘솟은 붉은 꽃이
이슬 맺혀, 하얀 표정 지을 때
새벽별은 하늘을 붙잡고 있다

Eternity

my whispering
wake your smile?

maybe,
your smile on lips
evoke visible sound in beauty

at the moment,
smile's hidden swiftly to silent voice

at the moment,
smile enters within unbreathing tone

windy black hair
and waterful smile like loud sound

eternity hunching first step

Moment

my all life scatter
into mysterious chaos of peace

even if a life drift on the wind
without rudders

look following heart feeling
fly acutely like a blink
to black bird's eyes

the instant I see you
is the first moment

whatever every life vanish,
oblivious sanctity exist

the moment I cherishing

공감각적 리리시즘 이미지 새로운 형성 작업

홍윤기

일본 센슈대학 대학원 문학박사(시문학)
국제뇌교육대학원대학교 국학과 석좌교수

지금까지 우리 한국 시단은 시의 우열을 따지기 전에 수많은 시인들이 매스컴이 선도하는 이른바 '유명시인'의 그늘에 짓눌리고 묻혀 온 게 현실이다. 이제는 그런 어리석음을 타파하고 유능하고 우수한 많은 신인 시인들을 우리가 한국시단에서 발굴해내야만 한다.

이정은 詩人의 시세계(詩世界)는 삶의 진실을 순수한 서정의 시심(詩心)으로 노래하고 있다고 먼저 지적하고 싶다. 이정은의 시편(詩篇)들은 참으로 순수한 우리 것을 추구하는 시작업이다. 그것을 천착하는 것은 지극히 당연하다. 더욱이나 우리의 민족적 정서는 우리가 주체이며 주인의 것이기에 한국의 리리시즘이 없는 한국시는 의미가 없다는 사실을 뚜렷하게 실감시켜야 한다.

우선 [봄날에]와 [차](茶)를 잇대어 감상해 보자.

샛노란 산수유 꽃잎에
까치발 소리

겨울나무, 가지 끝에 달린
수줍은 초록 눈동자

나뭇가지마다
봄바람 매달아 놓고
봄의 불을 지핀다

맑은 봄날에,
만발하는 꽃의 하품이
눈부시다

-[봄날에] 전문

햇볕 수줍게
새둥지에서 잠든다

숨은 새소리 가득한
바람 홀로 다니는 길

찻잎 두 눈에 담가
하늘 빛깔 마신다

-[차](茶) 전문

이 두 작품은 낭만적인 서정을 뜸뿍 담고 있으면서도 센티멘털한 감상성이 전혀 배제된 점 참으로 감동적이다. 그것은 이 시가 갖는 새타이어의 뒤 숨은 이미지 표현 기교의 우수성 때문이다. 영국의 철학자였던 T.E. 흄은 지적하기를, 시(詩)에 있어서의 이미지(image)는 단순한 장식이 아닌, 직각적(直覺的) 언어의 정수라고 했다. 그의 주장을 예시하자면 이렇다.

"시(詩)의 언어는 돌리며 노는 팽이식의 언어가 아니라, 시각적 구체적인 언어이며, 감각을 있는 그대로 전달시키려는 직각(直覺)의 언어이다."

이정은 詩人의 작품들을 대하면서 T.E. 흄의 주장이 떠올랐다. 이 혼탁한 시대를 살아가는 우리들에게 시인이 우리들에게 전달시키는 메시지는 자못 공감각적인 역동적 이미지를 드높여 주고 있다.

"샛노란 산수유 꽃잎에/ 까치발 소리"([봄날에] 첫연)라는 시각적, 청각적 이미지와 또한 "찻잎 두 눈에 담가/ 하늘 빛깔 마신다"([차(茶)], 마지막 연)라는 시각적, 미각적 이미지의 역동적인 메타포 처리는 우리 시단에서의 새로운 메시지다. 메타포 즉 은유야말로 기성적(旣成的)인 관념을 불식하면서, 새로운 이미지를 엮어낸 오늘의 이정은 시인의 참신한 형상화 작업이다.

시가 새롭기 위해서는 틀에 박힌 지난 날의 흔한 시어(詩語)가 아닌 참으로 세련된 오늘의 새로운 시어를 가지고 동시에 신선한 콘텐츠를 형상화시켜야만 한다. 쉽게 말해서 전에 볼 수 없는 신선한 알맹이가 여물고 또한 그 내부로부터 시의 빛이 번져 나오는 감동적인 것이어야 한다.

깜깜한 우주 속을 배회하는
딱딱한 운석이 되어 버린 기억

지워진 기억도 지우고픈 기억도
자기 쇠퇴하여

방황하는 운석이 되어
생명 없이 떠돈다

형체 없는 기억은
유형의 운석이 되었다

태초에 사랑이 있었다고 한다
태초에 의지가 있었다고 한다
태초에 마음이 있었다고 한다

그 운석은 단지 광물
먼 과거, 무슨 기억이었는지 알 수 없다

-[운석의 기억] 전문

오늘의 시인들의 포스트 모더니즘적인 시 콘텐츠의 특징은
세련된 감각적 표현이라고 하겠다. 그런 견지에서 [운석의 기억]
은 순수 서정의 아포리즘과 미학을 통한 깔끔한 이미지의 포스
트 모던적 메타포 작업을 보여주고 있다. 나는 시인이란 새로운
노래(서정시)를 창작하는 자랑스러운 작업인이다라는 것을 실

감한다. 시는 언어를 가지고 억지로 만들어내는 조작(造作)하는 산물이 아니라, 인스피레이션(inspiration/ 靈感)의 소산을 후천적인 노력으로 정교하게 탁마해내는 빛나는 정신적 소산이라고 본다.

　우선 이 작품은 시 전편을 부드러운 연상적 수법으로 조화시켜 시의 표현미를 감동적으로 고조시키고 있다. 이정은 시인은 감각적으로 세련된 섬세한 시어와 자연과 우주에 이르는 등 온갖 사물을 적합한 퍼소니피케이션(personification)의 의인화 수법 구사로써 한국인의 순수한 삶의 정서와 자연을 밀도 짙은 상념으로 조명하면서 새로운 이미지로써 뛰어나게 형상화하고 있다. 시인은 테크니컬한 기교적 묘사를 하지 않는 것 같으면서도 내면성의 자연스러운 수사(修辭)의 알맞는 메타포로써 지성미 번뜩이는 심도 있는 표현 수법으로 삶의 가치를 추구하여 독자를 완벽하게 압도하고 있다.

별이 숨기 좋아하는 곳
별이 쉬기 좋아하는 곳
나무

별들은 나뭇가지가 보내준
나뭇잎을 타고 내려온다

눈치 빠른 딱따구리는
별을 잡으려고
부리로 나무를 쪼아대지만

어느새
별은 마법같이
밤하늘로 올라가
닦아놓은 빛을 낸다

나무는
별이 세수하는 곳

[나무와 별]은 이 시집의 표제시다. [나무와 별]을 대하면서 일찍이 영국 시인 엘리엇(T.S. Eliot, 1888~1965)이 생각난다. 그는 시창작의 현장을 '작업장'으로 비유하면서, 동시에 시비평 방법으로서의, '워크샵 크리티시즘'(workshop criticism/작업장 비평)을 주창(主唱)했던 발자취가 떠올랐다. 그것은 타성적이며 진부하고 고루한 종래의 낡은 시작(詩作) 행위를 탈피하여 참신한 새로운 시의 경지를 구축하자는 것이었다. 워크샵 크리티시즘은 엘리엇의 신고전주의(新古典主義) 문학론의 전개 과정에서 등장한 방법론이기도 했다. 이를테면 소재(素材)가 낡았다 하여 작품의 내용이 낡은 것은 아니다.

엘리엇은 유능한 시인은 기존의 제재(題材)를 가지고 얼마나 새롭게 시를 쓰느냐 하는 것에 그 시인의 능력을 평가할 수 있다는 것에 포인트를 맞추고 있다. 우리에게도 '온고지신'이라는 훌륭한 가르침이 있거니와 시인이 다루는 소재가 옛날 것이라는 데에 결코 문제가 있는 것이 아니다. 옛날 것들을 가지고 얼마나 새로운 것을 창출해 내느냐 하는 데서 그 시인의 뛰어난 표현력이며 역량이 평가되기 마련이다. 더구나 [나무와 별]에는 오늘의 우리가 추구하는 새로운 서정의 시세계가 차분히 전개되고 있어 마음 놓인다.

나는 항상 주장해 오거니와 서정시라는 것은 서구에서 '리릭' (lyric)으로 부르는 시의 정통적인 형식의 시문학이다. 이 리릭이라는 표현은 고대 그리스에서 생긴 말이다. 시와 음악 등 예술이 눈부시게 발전했던 고대 그리스에서는 '라이어' (lyre)라는 서양의 '하프' 또는 우리 한국 고대의 '비파' 처럼 생긴 줄을 퉁기는 악기를 가지고 반주하며 노래불렀던 데서 발생한 표현이다. '서정시' 는 두 말할 것도 없이 '이야기' 가 아닌 '노래' 이다. 그러므로 우리는 잘 다듬어진 시어로 한국인의 정서를 새롭게 노래해야 한다.

흙의 목소리가 차갑다
맨발로 너의 음성을
따 뜻 이

따스한 흙의 속삭임으로
눈 뜨 인
하늘 매발톱 꽃

-[흙] 전문

논의 푸른 혈관이
검붉은 땅으로 퍼져간다

파랗게 솟는 피의 물결

하늘은 창문이 되어
열리고
촉촉한 비가 내린다

　[흙]과 [풍경 1]을 함께 읽어 보면 현대시의 생명력은 이미지(image)의 발랄한 전개 과정에서 눈부시게 꽃핀다는 새로운 메타포의 세계를 대했다. 시는 곧 생명력 창출(創出) 작업의 소산이다. 어찌된 셈인지 요즘 ‘이야기시’가 부쩍 한국시단에만 나타나고 있어서, "흙의 목소리가 차갑다/ 맨발로 너의 음성을/ 따뜻 이// 따스한 흙의 속삭임으로/ 눈 뜨 인/ 하늘 매발톱 꽃"과 같은 탁월한 메타포의 작품이 계속 창작되는 것이 참으로 바람직하다.

　많은 시인들이 이미지 처리와 이야기 나열을 구분하고 있지 못해 매우 안타까운 심정이다.

　일찍이 1960년대 초에 필자는 외우(畏友) 신경림(申庚林) 시인과 인태성(印泰星) 시인 등 셋이 모여 ‘목요시 동인’ 운동을 하면서 이른바 ‘이야기시’란 ‘시’(詩)가 아닌 ‘비시’(非詩)라고 자주 논의했던 일이 문득 기억된다. 오늘날 좀 답답한 것은 수많은 사람들이 ‘이미지’가 아닌 ‘스토리’(story) 제시를 마치 시인양 착각하고 ‘시’가 아닌 ‘이야기’를 ‘시’ 대신에 시 행간에다 나열하고 있는 게 작금의 현상이다.

　좀 더 구체적으로 지적하자면 ‘이야기’는 수필이나 소설에서 다루는 문학적 언어 표현 방법이다.

끝없는 고요
성스러운 시치미
비밀스런 미소로부터
삶에 대한 놀라움을 발견한다

-[부처상] 전문

지구 위에서 시를 쓴다

지도 위에서 시를 쓴다

시는 공간을 초월한 절대시간 영원한 신호음

바다에 있다는 고래 뼈조각에 새겨진 원초음

-[시 2] 전문

[부처상]과 [시 2] 두 작품의 공통 분모는 이정은 시인의 시문학적 구도(求道)의 작업이다. [부처상]이 일종의 불교적 구도(求道)의 진지한 삶의 천착을 시도하고 있는 빼어난 시편이라고 한다면 [시 2]는 시인의 삶에의 시적 구도의 진지한 자세다. 두 편 모두 시인은 섬세하게 잘 다듬어진 시어의 세련미와 더불어 이 작품을 감상하는 독자에게는 정서적인 안정된 공감도를 드높여 준다.

시인의 타고난 천부의 재질 또한 여기에 포함된다. 그러기에 시는 발상(發想)의 언어적 미학의 소산이 아닐 수 없다. 더구나

참다운 가치(素材) 있는 시는 지금까지 다른 시인들이 전혀 다루지 않은 새로운 제재(題材)이거나 소재의 빛나는 이미지의 신선한 시작업을 전개하는 일이다.

나는 '현대시는 메타포에 의해서 그 생명력을 발휘한다' (홍윤기, [詩창작법] 한림출판사, 1991)고 주장했거니와 그것은 곧 한국현대시를 발전시키는 원동력이 될 것이다. 그럼에도 불구하고 오늘날 대부분의 시가 개성이며 독창성에서 벗어나고 있다. 쉽게 말해서 다른 시인에게서 이미 발표된 소재나 제재를 다루고 있다.

그것은 큰 문제점이 아닐 수 없다. 시는 반드시 새로워야만 한다. 시가 새롭다는 것은 참다운 시문학적 생명력을 가진다는 것이다.

나비들은
낙엽이 되어 날아다닌다

가벼운 봄
나비들이 그렸던 그림

꽃은 나비의 그림을 위해
아름다운 물감을 준비하곤 했다

나비들이 낙엽들이
날개로 잎으로 그리는 봄의 언어

―[가을] 전문

이 작품은 낭만적인 서정을 듬뿍 담고 있으면서도 센티멘털한 감상성이 전혀 배제된 점 또한 감동적이다. 그것은 이 시가 갖는 새타이어의 뒤 숨은 표현 기교의 우수성 때문이다.

[가을]에서처럼 지금껏 남들이 발상하지 않은 새로운 것을 창작해내는 일이다. 시인이란 새로운 노래(서정시)를 창작하는 자랑스러운 작업인이다. 뛰어난 이미지는 시 생명의 본체 그 자체이다. 이미지란 과연 무엇인가. '마음 속에 떠오르는 그림', 즉 심상(心象)이다.

이를테면 15세의 어여쁜 소녀의 이미지를 시로써 표현한다고 하자.

어떤 사람은 '장미꽃 꽃봉오리' 로써, 또 다른 사람은 '붉어지는 사과 열매' 로써 묘사할 것이다. 그러나 단순하게 '아름다운 소녀' 라고 직설적인 표현을 했다면 그것은 '이야기' 일 뿐 '이미지' 가 아닐 것이다.

이미지라는 말은 본래 영어가 아닌 라틴어에서 생긴 낱말이다. 지금의 영어가 된 '이미지' (image)는 라틴어의 '이마고' (imago)가 그 모어(母語)이다. 라틴어로서의 '이마고' 는 '흉내내기' (copy)라는 뜻을 가졌다.

또한 '이마고' 는 영어의 '이매진' (imagine/ 상상한다)이라는 단어와 '이매지네이션' (imagination/상상/상상력)이라는 낱말도 만들어 주었다.

따라서 시는 마음 속으로부터 떠오른 '느낌' 을 '이미지' 로서 묘사한 시언어의 표현을 말한다. 시언어의 표현상 가장 큰 특징은 운율(리듬)을 가져야 한다는 점이다. 이것은 곧 노래의 형식이다.

그러기에 근본적으로 시는 노래가 바탕이다. 그럼에도 불구하고 자꾸 노래가 아닌 이야기를 늘어 놓는다면 그것은 시에 대한 무지의 소치이다.

탁월한 시재(詩才)를 타고난 시인으로서의 이정은의 앞날을 크게 기대하면서 더욱 겸허한 자세로 정진하기를 바라련다.

이정은 시집

나무와 별

•

지은이 / 이정은
펴낸이 / 김재엽
펴낸곳 / 한누리미디어
디자인 / 지선숙

•

121-840, 서울시 마포구 서교동 395-13 서원빌딩 2층
전화 / (02)379-4514, 379-4519
Fax / (02)379-4516
E-mail/hannury2003@hanmail.net

•

신고번호 / 제300-2006-61호
등록일 / 1993. 11. 4

•

초판발행일 / 2011년 4월 5일

•

ⓒ 2011 이정은 Printed in KOREA

•

값 8,000원

•

※잘못된 책은 바꿔드립니다.

•

ISBN 978-89-7969-388-0   03810